KB076137

내 따스한 유령들

내 따스한 유령들

창비

차
례

제1부

제2부

제3부

제4부

제1부

푸른발부비새, 푸른 발로 부비부비

바스락, 푸른 발
한쪽씩 들어 보이며 구애를 하지
으쌰으쌰, 받아줘받아줘사랑하자사랑하자

바스락, 푸른 싹
봄마다 새잎 밀어 올리는 이 힘은 대체 어디로부터
으쌰으쌰, 사랑하자사랑하자네게갈게네게갈게

다정하고 장엄한 이런 아침
네가 웃자 바스락,
네 뺨을 감싼 공기의 한줄기 끝에서
새싹이 돋듯
이랑이 막 깨어난 듯

인생 별거 없다
안다
그래도 좋다
그래서 좋다
이런 순간이

바스락, 으쌰으쌰, 사랑하자사랑하자인생별거없다그래도 좋다그래서좋다너를안으니좋다
단순한 낙천성의
바스락,
바스락,
바스락거리는 힘

꼬리를 살랑거리다 가버린 빛에 대해 말하는 것이
꼬리를 끌고 막 도착한 빛에 대해 말하는 것과 다르지 않은
이런 바스락,

우리에겐 다만 빛 드나드는 마음의 창문을 열어두는 연습이
으쌰으쌰, 으쌰으쌰
바스락, 바스락

혁명력의 시간, 로도스의 나날

1

여기서 뛴다. 여기가 나의 로도스다.
여기서 춤춘다. 여기가 나의 장미꽃밭이다.

내가 춤추면 꽃이 피지.
여기서 내가 꽃 피지.

여기서 너도 춤을 춘다.
네가 춤추면 꽃이 피지. 네가 꽃 피지.

나와 너는 함께 춤춘다.
가끔 손잡는다.
가끔 포옹한다.
가끔이지만 늘 열렬하게.

춤추면서 나는 너의 춤을 바라본다.
춤추면서 너는 나의 춤을 바라본다.

서로의 춤.
서로의 꽃 핌.
모든 순간의 아름다움을 응원하면서.

여기는 안개의 달.
어제는 브로콜리의 날.
오늘은 산양의 날.
내일은 쑥과 마늘의 날.

여기서 춤춘다. 여기가 나의 장미꽃밭이다.
여기서 뛴다. 여기가 나의 로도스다.

2

너희는 거기를 로도스라 한다. 나는 거기에 갈 생각이 없다.
너희는 여기를 로도스라 한다. 나의 로도스는 저기에 있다.
내 심장이 원하는 곳, 내 두 발로 딛고 엎드려 입 맞추고 싶은 나의 땅 나의 섬은 거기도 여기도 아니다. 저기, 비껴간 저기에.
당신과 마주친 곳에.
안개가 피어오르고 브로콜리가 부푸는 곳에.
산양이 체취를 퍼뜨리고 쑥 향이 코끝을 간지럽히는 곳에.
사랑하는 당신을 먹이고 입히려고 즐거이 노동하는 곳에.
노동이 나 자신을 기쁘게 하는 곳에.
삶이 나를 춤추게 하는 곳에.

* '프랑스혁명력'은 프랑스혁명의 정신을 뿌리내리기 위해 당시 혁명 지도부가 만든 달력이다. 현재 전세계에서 사용되는 '그레고리력'과 달리 1년 12달, 사계절 각각 3달, 1달 3주, 1주 10일 체계로 구성된다. 가을의 두번째 달은 '브뤼메르(Brumaire)'라고 불리는데, 안개(brume)가 자주 끼는 '안개의 달'을 의미한다. 하루하루도 '브로콜리의 날'이나 '산양의 날' 등으로 특정화되어 있다. 피안보다 차안을, 신보다는 인간과 대지와 자연을 긍정하는 인문주의 정신이 새겨진 달력이다.

** 『이솝우화』에는 어느 허풍쟁이에 관련된 우화가 등장한다. 그는 자신이 로도스섬에서 그리스 본토까지 멀리뛰기를 했다고 허풍을 떨었다. 그에게 누군가 말했다. "여기가 로도스다, 여기서 뛰어라." 진짜 뛸 수 있는지 직접 보여달라는 조롱이다. 후에 헤겔이 『법철학』 서문에 이 이야기를 끌어다 쓰면서 "여기 장미꽃이 있다, 여기서 춤을 추어라"라고 덧붙였다. 그리스어로 '장미'를 뜻하는 '로돈(rhodon)'과 '로도스(Rhodos)'의 발음이 비슷하고, '뛰어라(saltus)' 역시 '춤추어라(salta)'와 비슷하기에 만들어진 말장난이다. 마르크스는 『루이 보나파르트의 브뤼메르 18일』에서 "여기가 로도스다, 여기서 뛰어라. 여기 장미꽃이 있다, 여기서 춤을 추어라"라고 다시 일갈한다. 말로만 떠들지 말고 혁명을 실천해야 한다는 간곡한 당부다.

개가 짖는 이유

내가 나의 말입니다

내가 나의 언어란 말입니다

나는 말과 분리되어 있지 않습니다

모르시겠어요?
왜 말을 하지 않느냐고 자꾸……
왜 말 못 하는 짐승이라고 자꾸……

내 표정이
내 행동이
내 몸이
말이란 말입니다

말과 몸이 분리된 지 오래인
당신 종족이 이해할 수 있을지 모르겠습니다만

티끌이 티끌에게

작아지기로 작정한 인간을 위하여

내가 티끌 한점인 걸 알게 되면
유랑의 리듬이 생깁니다

나 하나로 꽉 찼던 방에 은하가 흐르고
아주 많은 다른 것들이 보이게 되죠

드넓은 우주에 한점 티끌인 당신과 내가
춤추며 떠돌다 서로를 알아챈 여기,
이토록 근사한 사건을 축복합니다

때로 우리라 불러도 좋은 티끌들이
서로를 발견하며 첫눈처럼 반짝일 때
이번 생이라 불리는 정류장이 화사해집니다

가끔씩 공중 파도를 일으키는 티끌의 스텝,
찰나의 숨결을 불어넣는 다정한 접촉,

영원을 떠올려도 욕되지 않는 역사는
티끌임을 아는 티끌들의 유랑뿐입니다

천문의 즐거움

하늘을 오래 바라보다 알게 되었다
별들이 죽으면서 남겨놓은 것들이
어찌어찌 모여서 새로운 별들로 태어난다는 거
숨결에 그림자가 있다는 거
당신도 나도 그렇게 왔다는 거
우리가 하나씩의 우주라는 거

수백억광년의 과거로부터 오늘에 이른
빛의 내음
소리의 촉감
온갖 원자들의 맛

지구에서 살아가는 나는 가끔
죽은 지 오래인 별들의 임종게를 발굴해 옮겨 쓴다

그대들이 세상이라 믿는 세상이여, 나를 받아라. 내가 그쪽을 먼저 사양하기 전에.

오늘 아침 닦아준 그림자에서 흘러나온 말

임종게가 늘 탄생게로 연결되는 건 아닐 테지만
가끔 유난히 아름다운 탄생의 문양들이 있어
우주가 지나치게 쓸쓸하진 않았다

작은 신이 되는 날

우주먼지로 만들어진 내가
우주먼지로 만들어진 당신을 향해
사랑한다,
말할 수 있어
말할 수 없이 찬란한 날

먼지 한점인 내가
먼지 한점인 당신을 위해
기꺼이 텅 비는 순간

한점 우주의 안쪽으로부터
바람이 일어
바깥이 탄생하는 순간의 기적

한 티끌이 손잡아 일으킨
한 티끌을 향해
살아줘서 고맙다,
숨결 불어넣는 풍경을 보게 되어
말할 수 없이 고마운 날

새처럼 자유롭고 싶다고?

멀리 갔다 돌아오는 새들

날개 끝에서 흩어지는 불꽃들

어딘가 도착하기 위해선
바람을 탄 채 바람에 저항하며
스스로 방향을 만들어야 한다는 것

그보다 묵직한 장엄은—

날기 위해선 어딘가에 발 디뎌야 한다는 것
생명은 몸 닿을 곳이 필요하다는 것
'새처럼'이 아니라 '새조차도'라는 것
날개는 발 다음이라는 것

하필 여기서 죽은 이를 위하여

흰빛,
격렬한 소리를 머금은 채 말 없는
흰 방

아주 작은 흰 죽음 앞에서 드나드는 말들

왜 하필 여기서, 죽을 용기로 살지 왜, 자살하면 구원받지 못한다는데, 왜 하필, 노인이라잖아, 자살 아니고 고독사일 거라고, 어쨌거나 왜 나 사는 건물에서, 불운이 튀어 나한테 묻으면 어쩌라고, 내 주위에서, 불쌍하지만 하필, 재수 없게, 왜 하필 여기서

왜 하필 여기냐니!
우리는 모두 죽는다. 반드시. 여기인 어디선가.

여기를 무사히 벗어났나요? 지금 어디쯤 가고 있나요? 돌아가는 길은 괜찮은가요? 금 간 그릇과 우그러진 냄비에 봄에는 채송화 가을에는 금잔화를 심던 할머니, 덕분에 먼 산책길이 따뜻했어요 허름한 골목 안이 잔꽃들 덕에 환했어요 살아내느라 수고했으니 이젠 그동안 심은 꽃씨 따라 훨훨, 이윽고 빛나는 어둠이 되러 흰 방을 벗어나는 고요…… 고요……

비의 열반송

당신이 아는 나의 이야기도
당신이 모르는 나의 이야기도
당신이 알 수도 모를 수도 있는 나의 이야기도
내가 알거나 모르는 당신의 이야기도

비로 내린다
비가 내린다

누군가의 피로 자기 피를 만들지 않는
식물들의 귀가 커진다

어떤 이야기가
다른 이야기와
함께 내리는 날
여기 — 안쪽에선 비 오는 날이라 하고
여기 — 바깥에선 위로와 정화의 날이라 한다

내가 아는 당신의 이야기와
내가 모르는 당신의 이야기와

내가 알 수도 모를 수도 있는 당신의 이야기와
당신이 알거나 모르는 나의 이야기

비로 내린다
비가 내린다

사랑하여 쓰게 된 가계부

"고기를 먹어야 합니다" 의사가 말했다
알겠다고 했지만 하지 않았다

"고기를 먹어야 해요" 당신이 말했다
알겠다고 말한 순간부터 노력하기 시작했다

당신이 사 온 것을 소분해 냉동실에 넣고
이틀에 한번씩 꺼내 약으로 먹는다

당신을 사랑하여
다른 목숨에 지는 빚의 총량이 커지고 말았다

어떤 일을 더 하거나 덜 하며 살아야 할지
매일의 석양 아래 가계부를 쓰게 되었다

지구주민평의회가 만들어진다면

1

만약 그럴 수 있다면
구할 수 있지 않을까요?

이대로라면 백년 안에
인류사는 끝날 텐데

2

인간 주거지를 이동합시다
겨울의 시간으로 물러납시다

봄과 여름은 인간 외의 생명체에게 온전히 넘깁시다
봄 여름 가을 겨울을 전부 갖겠다고
더는 욕심부리지 맙시다

우리는 겨울의 시간으로 갑시다

봄과 여름이 살 수 있도록

가을엔 섞여 살아도 괜찮을 것 같습니다

봄과 여름이 살아나면
가을과 겨울이 살아날 수 있어요

이대로는 공멸입니다
봄 여름 가을 겨울이 모두

3

열대와 온대를 인간 외의 생물종에게 온전히 넘기고 인간은 이동했다 지구주민평의회의 결정이므로 국가니 국민이니 인종이니 민족이니 난민이니 인간 내부의 경계는 사라졌다

살거나

멸절하거나

두갈래 길 앞에서
다행히도 인류는 사는 길을 선택했다

4

그럴 수 있을까, 인간이?

자본교에 장악당한 지 불과 이백년 만에
멸망의 시간을 카운트 중인 우리가?

시인과의 대화

시가 점점 없어지고 있대요.

시는 없어지지 않아요. 독자는 조금 줄어도 말이죠.

독자가 줄면 시인의 시 쓰기가 힘들어지지 않을까요?

상관없어요. 시인이라면.

시가 없으면 세상은 쓸쓸하겠죠?

본래 쓸쓸한 세상인걸요. 사람에게는 사이가 있으니.

그래도 시가 없으면 더 쓸쓸하겠죠?

시가 없으면 반드시 시가 태어나죠. 인간(人間) — 사람 사이는 채워야 하기에.

시인이 없어도요?

시인이 없는 세상은 없어요. 인간이 인간으로 살아가는 한.

그래도 걱정돼요.

(무대에 불 들어온다)

사람에게서 사이를 보았다면 당신은 시인이에요.

이미 시인 한명이 탄생했는데 무얼 걱정하나요?

—사이가 더 커지지 않는 세상.
우리 모두 시인인 세상을 엿보며
시인은 이렇게 무사태평이다.

오늘은 없는 날

아무것도 안 하는 중이에요 행복하고 싶어서

정치 마케팅과 상품 마케팅에 유혹당하지 않게
말 많고 현란한 매체들에 귀 닫고 눈 감아요
돈이든 권력이든 세력 불리는 일에 중독된 사람들
필요와 정의 타령에 넘어갈까봐 하늘을 봐요
조용히
더 조용히
오늘은 없는 날

눈 뜨니 오늘이 있어
없는 날이라 부르기로 해요

없는 날에 할 일은
바람 속에서 시집 몇 페이지를 천천히 읽고
아침과 저녁의 산책을 출생 이전처럼 하는 것

지구가 우주의 일원으로 오늘을 걷고
운 좋게 지구에 탑승한 오십년 차 승객인 나도

지구와 함께 걸어요
지구의 입장에선 자갈돌 하나인 나
우주의 입장에선 티끌 한점도 안 되는 나
이토록 작은 존재에 허락된 하루를 오직 감사하면서

오늘은 없는 날
행복하고 싶어서
구름 버튼을 눌러 당신 목소리를 들어요
나야, 바람이 좋아
나와 함께 당신이 살아 있어 이렇게나 좋아
더 많이 아낄 수 있어 더 없이 좋은 날
사랑하는 일 말곤 아무것도 안 할래

어제도 내일도 없는 오늘
많이 행복해서
당신과 함께 산으로 가요
없는 날의 자유
푸른 바람 속을 무한무한 걷고 달려요

무신론자의 기도

쓸모없는 것들을

목숨을 다해 사랑할 수 있는

영혼의 강인함을

내가 원하나이다

내게 원하나이다

제 2 부

쉬잇! 조심조심 동심 앞에서는

강릉 바닷가에 사는 아홉살 조카 서연이, 해먹에서 놀다가 갑자기 짖기 시작한다. 왕왕, 왈왈왈, 캉캉, 크앙크앙, 와릉와릉…… 산책길에 만난 이웃집 강아지 생각이 난 듯. 너무 오래 짖길래 한마디 한다. "목 아프지 않아?" "쉬잇, 지금 중요한 이야길 하는 중이에요." 한참을 더 짖어대는 인간 아이가 눈부시다.

저런 때가 내게도 있었다. 아홉살 열살 열한살, 어린 동생들과 바닷가에서 조가비를 줍던, 바다가 무슨 말을 하는지 알아듣고 싶어서 한없이 귀를 낮추던 때. 이윽고 귀가 물거품처럼 부풀고 공기방울의 말이 내 몸으로 스르르 들어왔다 나가면서 바다와 대화하고 있다고 느껴지던 신비한 순간들이.

오전 내내 짖는 조카를 보며 잘 늙어가고 싶은 어른으로 딱 한가지만은 하지 않기로 한다. 네가 짖는 대신 개에게 사람의 말을 가르치면 되잖아, 이런 따위 말만큼은 하지 않는 걸로 시인 이모의 소임을 다하는 시간. 눈앞의 동심이 눈부셔 여름 아침이 투명하게 왈왈거린다.

지구라는 크라잉 룸

구름 많은 날 당신의 울음이 가깝다

울다 깬 눈으로 구름을 만진다
오늘도 어김없이 지구 어디선가
죄 없이 아이들이 죽고
죄 없이 동물들이 사라지고
죄 없이 숲이 벌목되고
죄 없이 작은 것들의 노래가 짓이겨져 파묻힌다

착취한 것들로 만들어진 자본의 폭식성 —
멈출 줄 모른다 착취가 동력이므로

한때 아름다웠던 별
어디에 무릎을 꿇어야 죄를 덜 수 있나?
불과 이백년 만에 이토록 뜨거워진
인간이 만든 쓰레기로 가득해져버린 여기 어디에

지구라는 크라잉 룸
당신 안에서 우느라 당신의 울음을 미처 듣지 못했다

오늘 만난 시집의 가제를 「평의회의 아름다움」이라고 적어두었다

몸의 어두운 데를 씻는 중이었어 절망과 분노가 쌓이는 장기들, 자주 햇빛 목욕을 시켜주지 않으면 탁해져 빛으로 닦고 바람으로 말려야지 거풍이 안 되면 썩고 마니까 매일 쏟아지는 정치판 뉴스들 (이쪽은 저쪽과 다르다고 저희끼리 다투는데 부끄러움을 조금 알거나 전혀 모르거나 1에서 3 정도 눈금 차이랄까 조금쯤 주저하며 부끄러운 짓을 하고 곧 잊어먹는 양아치나 시종 뻔뻔하고 당당한 양아치나 어느 쪽이 더 낫다고 하긴 참) 「양아치들의 ○○사」로 요약될 세력 다툼에 휩쓸려 작은 사람들의 밥상이 쪼개지는 골목들이 슬프니까 슬픔이 흘러든 장기들이 점점 고독해져 딱딱해지면 더 슬프니까 저기요, 여보세요, 잠시만요, 이 햇살 좀 보세요 이 바람은 어때요 몸 닦기 좋아요 영혼도 물론이죠, 아마도 그런 일을 이 골목의 시(詩)는 하고 싶은 것 같은데, 일테면 빛의 목욕탕이나 바람의 악보 같은 것 손 닿지 않는 어딘가를 긁어주는 세 손가락 긁개 같은 것

아, 아, 아, 아, 오늘 이 골목에서 채집한 시들 좀 볼래?

우리 동네 마트의 생선 코너 아저씨 오늘은 오징어 매대

를 기웃거리다 눈이 딱 마주쳤지 아저씨라면 뭘 살 거예요? 아저씨 눈빛이 살짝 흔들렸지만 음, 저라면 이걸 삽니다 아, 아, 한물간 물건부터 빨리 처리하는 게 판매 실적 향상의 요령인 세계에서 상급의 지도 편달을 가볍게 무시해준 아저씨 만세 장바구니를 들고 랄랄라 마트 옆 주민센터에 들러 장롱 분리배출 딱지를 받으려는데 아 글쎄 내가 아직 열일곱 살이고 엄마가 아파서 찹쌀을 구해 가야 한다는 백발 할머니의 말을 듣고 듣고 또 들으며 어찌 도울까 방법을 찾는 중인 주민센터 직원 아, 아, 아, 정해진 업무만 하면 되는 공무원 세계의 지도 편달을 무시하고 할머니와 함께 진땀 빼는 어여쁨 만세 오늘 우리 동네는 퍽 근사했다 이윤이 목적인 마트에서 진실을 말해준 입을 만났고 행정 처리가 목적인 시스템에서 인간이려는 노력을 만났으니 여기에 없고 여기를 모르며 여기에 속하고 싶지 않은 저기의 양아치들이 내미는 법 조항과 지도 편달을 때로 부드럽게 때로 맵차게 무시하면서 다정하고 올곧게 정치(政治)가 차오르는 기미를 느꼈다고 할까 오래전 아주 잠시 경험했으나 곧 사라져버린 코뮌의 아름다움, 작은 사람들 심장에서 뛰는 불꽃의 씨앗 같은 걸 살짝 보았다고 할까

하나의 환상처럼 *quasi una fantasia*

길렐스의 연주로 「Moonlight」를 들으며

내 혈관을 짚으며 외계가 물었다
"다음 꿈, 인간입니까?"
대답이 소용없다는 걸 알지만 정성껏 말했다
"가장 오래된 울음이 피 도는 몸인 걸 압니다.
노래가 여기서 나오는 걸 압니다."

혈관악기,라고 기록되었다
본 적 없는 촉각의 문자였으므로 혀를 대보았다
비릿한 노을이 빠르게 스몄다

"절망마저 진부하다면 노래를 그칠 겁니까?"
나는 그만 창문을 닫으려 했다
"인간을 지속하길 원합니까?"
창문 밖이 조금 초조한 듯했지만

다음 꿈, 인간일까?
지금껏 저질러온 인류사만으로도
인간과 꿈은 지독히 먼데

"살아 있는 동안 쓰는 일을 계속할 뿐입니다."
시를 쓰는 자로서의 내 유일한 능력은
무엇이 되려는 꿈을 흩어버릴 수 있다는 것

창문 밖에서 누군가 훌쩍거리는 것 같았지만
나는 노래를 이어가기로 했다
오늘은 달빛 피아노에 어울리는 혈관악기로서

눈물의 연금술

그 돌은 작은 모래 한알로부터 자라났다
눈물이라는
모래 한알로부터

살다보면 틀림없이 닥치는 어느날
서둘러 눈물을 닦아 말려버리지 않고
머리와 심장 사이에 눈물의 대장간을 만든 이들이
그 돌을 가지고 있다

거래를 위한 셈법이 없는 문장들로
눈물을 벼려 담금질한 이들만이
투명하게 빛나는 돌을
손안에 쥔다

자신과 세상을 지킬 눈물의 돌
체념으로 증발하지 않는
아름다운 모서리를 가진 돌을

돌담에 흥건한 절규같이

돌담 아래
그득한 절규

고요히
고요한 것처럼
견디고 있다

구르고 싶은데, 구르며 닳고 싶은데, 세상의 다른 모서리와 면들을 경험하고 싶은데, 생의 증거를 만들고 싶은데

자꾸 욱여넣는다
대체 무엇을 지키려고 이렇게 높이 이렇게도 견고히

질서정연하게 짜인 담장 속에
미쳐가는 돌들이 유독 많은 여기

내 따스한 유령들

(비 비린내 냠냠……) 오늘 내게 말 붙인 유령입니다…… 아 그렇지 이거 비 냄새…… (응응, 비 냄새 냠냠냠……) 미래에서 온 비를 맞으며 너랑 같이 걸을 수 있어서 참 좋은 날이야 (응응, 당신을 사랑했어요) 모르는 나를 어떻게? (미래에서 온 키스를 나눠 가졌잖아요)

방금 일어난 침대 흐트러진 시트에 아직 묻어 있는 온기…… 꽃 진 가지 끝에 여전히 꽃처럼 떠 있는…… 막 개봉한 편지에서 제일 먼저 느껴지는, 편지를 봉하기 직전의 숨결…… 휴대폰 액정에 살짝 떠오른 따스함, 발송 버튼을 막 누른 너의 손끝……

아주 많은 찰나에 사는 따스한 유령들을 지금부터 하나하나 말해보려 합니다 차고 습한 유령만 기억하면 다른 유령들이 외로울 테니까요 몸으로부터 왔으니 몸이 아니랄 수도 딱히 몸이라고 할 수도 없는 …………………………………………………………… 어쩌지 이토록 예민한 몸 아닌 몸으로 이 자욱한 지는 꽃의 거리를 너는 어떻게 건너가지?

(염려 말아요 오늘은 비…… 비 냄새 냠냠냠……) 비 묻은 몸을 터는 강아지들 코끝에서 따스한 유령들이 강아지 따라 통통통 몸을 턴다

어떤 날의 처방전

그런 날 있잖습니까
거울을 보고 있는데
거울 속의 사람이
나를 물어뜯을 것처럼 으르렁거릴 때

그런 날은 열 일 제치고 침상을 정리합니다
날 선 뼈들을 발라내 햇빛과 바람을 쏘이고
가장 좋은 침대보를 새로 씌우죠

이봐요, 여기로

거울 앞으로 가 거울 속의 사람을 마주 봅니다
거울 안으로 손을 뻗지는 말아요
그가 내 손을 꽉 잡을 수 있으니
여기서 손짓해
거울 밖으로
그를 꺼내야 합니다

어서 와요,

정성을 다해 만져줘야 할 몸이
이쪽에 있습니다

일반화된 순응의 체제 1

아무의 제국, 그 심드렁한 통치술

날마다 자라난다 광활한 용량만큼
빠른 속도로 이인칭이 사라진 자리에
아무와 시간을 보내는 아무들

아무랑 놀고
아무에 묻고
아무에게 팔고
아무로부터 사고
아무를 베낀다
아주 바쁘게, 아주 뜨겁게

산책자도 없는 산책자들의 도시
아무가 바삐 오간다
아무를 손에 들고
아무에게 속삭이며
몸속에 심장이 없다는 걸 티 내지 않는다
종종 두뇌가 실종된다는 것도

오늘이 사라지는 속도만큼

아무의 영토가 커지고
아무의 밤은 날마다 융성하나니
—뭘 더 바라겠어요
    잠시 사라지는 허기면 족하죠

아무 속에선 아무도 외롭지 않다
아무는 항상 바쁘기에
아무에게 불만을 가질 여유가 없다
아무랑 즐겁기에
아무에게 투정할 필요도 없다

어둡게 삼켜지는 아무의 시간
차갑게 식어가는 아무의 온기
밝게 빛나는 아무의 우주
뜨겁게 번성하는 아무의 자연

아무는 먹고
아무는 버리고
아무는 뿌리 뽑고

아무는 살해하고
아무는 외면한다
아주 배부른 채, 아주 한가롭게

일반화된 순응의 체제 2

아무의 나날, 혹은 소비의 영원회귀

아무면 어떤가 받아들이다가 아무도 아닌 아무에게 사로잡힌다. 작렬하는 결제, 간헐적인 절정. 새롭게 그리고 끝없이 아무를 산다. 잠시 특별한 아무가 되기 위해. 아무것도 아닌 순간에도 최소한 아무일 수는 있으니까. 아무를 사기 위해 일하고 일한다·····················

(아무것도 아닌 순간에도 아무일 수는 있으니 합리적 소비라고 누군가 등 두드린다. 열심히 일해 풍요한 소비자의 삶을 살아가라고)

·········끝없이··························
·········끝없이··························

(사로잡고 사로잡힌다)

·········끝없이························· 아무를 생산하는 자는 어디에 숨어 있지?

일반화된 순응의 체제 3

아무렇지 않은 아무의 반성들

현실의 식탁과 보이는 식탁과 보여지고 싶은 식탁 사이
품위 있게 드러내기의 기술 등급에 관하여
관음과 노출 사이 수많은 가면을 가진 신체에 관하여
곁에 있는 것 같지만 등을 내줄 수 없는 곁에 관하여
비교가 천형인 네트에서 우울에 빠지지 않기 위해 지불해야 하는 노력에 관하여

외로워서 SNS가 필요한 것인지
그로 인해 더욱 외로워지는 것인지
네, 간단치 않은 문제로군요 좀더 생각해봅니다

음모의 발명과 음지의 발굴, 심판의 욕망에 관해서도
손쉽게 전시되고 빠르게 철거되는 고통의 회전율에 관해서도
공유하고 분노한 뒤 달아오른 속도만큼 간단히 잊히는 비참의 소비 방식에 관해서도
늘 새로운 이슈가 필요한 삶의 소란스러움과 궁핍에 관해서도
가벼워지는 눈물의 무게, 그만큼 식어가는 녹슨 피의 온

도에 관해서도

네, 정말 간단치 않네요
몸 없이 몸을 이해하는 일처럼
아니, 그보다 몸 없이 몸을 그리워하는 일처럼

울어주는 일, 시를 쓰는 일

1

이런 기록은 어디에 묻고 묘비를 세워야 할까요?

그들을 위해 허락된 땅, 울어줄 이 드무니 여기에 자리를 마련합니다.

시집은 울어주는 집이기도 하니까요.

2

2000년 이후 가축전염병으로 살처분*당한 동물의 수 9800만마리 이상. 2010년 겨울 구제역과 조류독감으로 1000만마리가 넘는 동물이 생매장당한 살처분 매몰지가 4799곳. 2016년 겨울 조류독감으로 살처분된 가금류 3300만마리. 2019년 구제역으로 살처분된 소가 2000마리……………………………**

3

매몰된 땅에서 그들의 냄새가 밤낮없이 풍겨 나오는데
그들의 살이 차오르는 매립지에 금을 그어놓고
인간은 다시 땅장사를 시작한다.

그 땅들에 죽음은 없다.
그들은 생명이 아니었기에.

그들의 마지막을 만져준 구름들과
몇몇 작은 인간이 집 안과 밖에서 울었다.

울어주는 일을 통해
그들의 체온을 낱낱이 기억할 수 있을지
확신하지 못하는 채로.

* '살처분'이라는 말을 뉴스에서 처음 듣던 날, 나는 「얼음놀이」를 썼다. 시집 『나의 무한한 혁명에게』(창비 2012) 수록.

** 문선희 사진에세이집 『묻다—전염병에 의한 동물 살처분 매몰지에 대한 기록』(책공장더불어 2019)을 보다가 이 시를 썼다.

대숲에서

“권력을 가지기 위해 정의로운 자들이 인간계에는 너무도 많소. 혐오를 혐오하는 나의 검은 그들의 정의를 유일하게 혐오하오.”

이제 나뭇잎 숭배자가 되어볼까?

도끼도 톱도 필요 없다. 나무를 살해하는 간단한 방법은 봄여름에 나뭇잎을 모두 따버리는 것. 나뭇잎들의 노동이 멈추면 나무는 죽는다. 대대손손 뿌리만 파먹고 살 수 있을 것 같은 뿌리 숭배자들이 세상 어디에나 있지만 한 계절만 겪어보면 알게 된다. 햇빛과 바람 속에 온몸으로 나부끼는 나뭇잎들의 역동, 한잎 한잎 저마다 분투해 만들어낸 양분을 기꺼이 모아준 나뭇잎들이 나무를 살린다는 것. 나뭇잎들의 코뮌이 즐거운 노동으로 생기 넘칠 때 나무가 건강해진다는 것. 안녕, 안녕, 인사하는 나뭇잎들의 독자적인 팔랑거림, 한 방향으로 불어오는 바람을 맞이할 때조차 저마다 다른 자세와 기술, 햇빛과 물만으로 양분을 만들어내는 천지창조의 노동자들, 함께 사는 동안 자신이 만든 것을 아낌없이 나누고 때가 오면 미련 없이 가지를 떠나는 여유와 자유. 뿌리 깊은 나무의 뿌리를 지키기 위해 태어나는 나뭇잎은 없다. 가계(家系)의 문장(紋章)에 집착 없는 나뭇잎들이야말로 한그루의 세계를 유지하는 진짜 힘이라는 것.

제 3 부

마스크에 쓴 시 1

더러운 그늘은 없어요
깨끗한 그늘도 없어요

더 늦기 전에
공평한 그늘로 돌아가야 합니다

인간에게 내준 그늘을
지구가 모두 거둬들이기 전에

마스크에 쓴 시 2

걸식하던 때로 돌아가야 해.

공장형 축사, 유전자 변형 곡물, 생산성 우선주의, 비료 농약 항생제 온갖 촉진제, 도륙, 밀림과 숲을 밀어내고 들어선 대규모 농장들, 무엇이든 유행이 시작되면 투자가 폭증하고, 투자해 유행을 만들기도 하고, 돈이 돌기 시작하면 파괴는 시작되고, 팔리는 한 지구 끝까지, 제어 불가능한 덤블링, 궁극엔 황무를 향한, 지구적으로 소비되는 오늘의 유행, 마트에 그득한 오늘의 식자재들, 돈만 된다면 어디든지, 무엇이든지, 어떻게 해서든지, 지구를 서너개쯤 팔아치워도 끄떡 않을 자본의 탐욕, 과잉생산 과잉소비, 지구의 것을 파괴하면서 얻은 풍요의 뒤안, 우리가 발붙일 곳은 여기뿐인데, 머지않아 혹독하게 되갚아야 할 텐데, 내일의 아이들은 굶게 될 텐데, 생의 모든 면에서 굶주리게 될 텐데

걸식하던 때로 돌아가야 해.
그래야 살아.

숲과 밀림을 파괴해도 된다는 권한을 대체 누가 인간에게

주었나?

야생 사과나무 앞에서 열매 하나를 얻기 위해
나무에게 말을 걸던 만년 전 사람을 떠올린다
—네 열매를 내게 주겠니? 나는 지금 줄 것이 없지만 언
젠가 땅으로 돌아가면 갚을 수 있을 거야.
사슴 한마리 앞에 인간 한마리로 온전히 대결하던 조상을
떠올린다
—네 살을 빌려 나와 내 아이들을 살게 할게. 오늘은 내
가 너를 먹지만 언젠가 땅으로 돌아가면 갚을 수 있을
거야.

그런 마음으로 살아도 고작 백년이다
찰나의 찰나도 안 되는 시간
어쩌자고 인간은 이토록 악착같이 지구를 착취해 얻은 것
들을 풍요라 부르게 되었나?
잉여의 발생이 부추기는 탐욕, 무기와 노예, 땅에 대한 소
유권을 주장하면서 병든 인간, 잉여가 없다면 살기 위해 협
력했을 수도 있는데 잉여가 발생하면 반드시 폭력이 시작된
다 최초의 잉여를 점유한 세력이 씨 뿌린 악의 계보, 어떻게

해야 이 나쁜 피로부터 탈출할 수 있을까 만년 동안 후퇴 없이 몸통을 불려온 지옥을

멈춰야 해.
돌아가야 해.
그래야 서로 살아.

모든 존재와 더불어 겸손히 걸식하던 때
그 정도에서 멈춰야 했다
인간이 지구에서 더 오래 살아갈 수 있으려면
지금 태어나는 인간의 아이들이 지구에서 미래를 보장받을 수 있으려면

멈춰야 해.
더 늦기 전에.

그럴 수 있을까? 인간이?
그럴 수 있을까? 우리가?

마스크에 쓴 시 3

날몸

눈 오시네요 눈 받습니다
비 오시네요 비 받습니다

날 따라 변하는 몸
자연입니다

검은 눈 오네요 검은 눈 받습니다
붉은 비 오네요 붉은 비 받습니다

날몸,
아픕니다

어디로 갈까요?

갈 곳이 있습니까?

마스크에 쓴 시 4

두껍습니다
이 밤은 유독
내 몫이 아니었던 생들이 무더기로 돋아 방 한칸의 벽을 이룬 듯한 이 밤은

뚫고 나가는 데 얼마나 걸릴까요?
우리라 부를 수밖에 없는 우리여

우리는 일상을 회복하고 싶다고 말합니다
우리가 그리워하는 일상은
폭력 없이 평화로웠나요?
차별 없이 따뜻했나요?
아이들 앞에서 부끄럽지 않게 "너희가 어른이 되면"이라고 말할 수 있었나요?
우리 손으로 미래를 목 조르고 있지는 않았나요?

내 손이 판 무덤을 나는 알고 있습니다

마스크에 쓴 시 5

루이스 세뿔베다를 기리며

쇳조각 하나를 들고 돌 앞으로 가는 당신을 보았어요
창백한 사금파리를 갈아 요동치는 바늘이 될 때까지
매일의 기도를 멈추지 않은 사람
죽은 꽃잎을 바느질해 꽃나무를 살리려 한
간곡한 눈물의
작은 사람

강이 사랑한
밀림이 사랑한
고독한 바위가 사랑한

마스크에 쓴 시 6

백신 1.5

당신을 잃고는 못 살아
억장이 무너져서 못 살아
억장은 어떻게 무너지나?
먼저 눈이 무너지고
마지막으로 마음이 무너지면
억장이 무너지는 것

당신을 잃고는 못 살아
그러니 살려야 한다
마음을 붙든 마음들이
발코니에서 노래 부른다

마음마저 숙주로 내주면 안 되니까
억장이 무너져서는 안 되니까
모든 것이 끝장나선 안 되니까

마스크에 쓴 시 7

거울이 말하기를

붉고 검은 반점들로 뒤덮인 대륙들, 그들은 의도 없이 출현했는데 인간은 폭로되고 있다.

멈춤, 잠시 멈춤, 폭로된 인간 사회가 멈칫거리는 동안, 인간에 의해 감금된 야생이 풀려났다.

더 오래 멈춰야 해.
그래야 살아.
너희만 빼고 다 아는 사실이야.

너희만 모르는 이유는 딱 하나지.
모르고 싶기 때문이야. (이 문장의 주어는 누구겠니?)
이 말의 거울은—
알게 하고 싶지 않기 때문이야. (이 문장의 주어는 누구겠니?)

.까니이음죽 겐에본자 건 는다춘멈

우리만 감금당한 줄 아니?

너희는 스스로 감금되었어.

속도에,

자본에,

자본의 속도에.

.희너 된독중

멈춤, 지금 멈춤, 더 오래 멈춤, 그렇지 않으면 지금보다 더 혹독한 전염병의 시대가 온다, 곧 다시 온다고 했다.

마스크에 쓴 시 8

내가 아프면 당신이 아프다

내가 마스크를 쓰는 이유

마스크에 쓴 시 9

불안을 이기는 힘은
오늘의 햇살
당신의 미소

고통을 견디는 힘은
내가 마음을 기댄
당신

나의 자연

마스크에 쓴 시 10

지구 거주민 인류가 다다른 최상급 진보;

무엇을 하지 않을 것인가?

마스크에 쓴 시 11

거울 속에서

1

그런데 자네들은 감염과 전염의 욕망으로 질주해오지 않았나?

비명을 지를까요? 듣는 귀는 표류 중입니다만, 나의 어떤 조각은 여러 지층을 휘돌며 분열 중이고 어떤 조각은 지상을 질주하며 감염되고 폭발합니다. 네, 앞마당처럼 국경을 넘나드는 비행기들을 좋아했죠. 네, 모르지 않았습니다. 지구적 쇼윈도우, 쌓이고 매립되고 태워지고 떠다니는 플라스틱 쓰레기들, 쇼핑 여행과 여행 쇼핑, 미식과 탐식과 폭식, 넘쳐나는 힐링 상품들, 인간 영혼을 어디까지 수선할 수 있을까요? 묻는 자가 조롱당하는 광활한 시장, 이윤의 운동에 감염되지 않으면 생존이 위험해지는 속도와 경쟁, 돈, 돈, 돈, 대량생산 대량소비 대량폐기 무한팽창하는 도시들, 네, 강 바다 공기 흙이 오염된 지는 너무도 오래이니 말 꺼내면 도리어 촌스러운 거였죠. 네, 모르지 않았다는 걸…… 압니다만…… 어쩌란 말입니까. 갈팡질팡하는 나, 오염되고 감염된 나들이 모든 지층에서 우르르 쾅쾅거리는 소리를 매일

듣습니다. 무섭고 지겨워서 어느날은 소리쳐 보기도 합니다. 감염된 나들로부터 자유로운 나는 있습니까? 누구 없습니까? 하지만 보세요, 있다 한들 곧 감염될 존재 아닙니까? 나, 들, 나, 들, 나, 들의 욕망에 전염되어야 사회인으로 살아남을 수 있잖습니까?

2

> 자네는 기억력이 너무 좋군. 억울할 것 없네. 인간은 모두 마찬가지야. 최소한 한번은 역병으로 죽었지.

그래도 이건 너무하잖아요. 저번 생은 특히 그렇고요. 빌어먹을 전쟁터에서 죽을 고비를 수없이 넘기고 간신히 살아남았는데 결국 죽었다고요. 아시잖아요? 그 지랄맞은 전쟁이 자본의 욕망을 해소하기 위한 시장 개척 전쟁이었다는 걸. 제국주의자가 아닌 평범한 사람이 제국주의 전쟁에 동원된 것도 억울한데 왼쪽 다리를 잃고 귀까지 먹고는 간신히 귀향하려던 차에 그놈의 바이러스에 걸려 뒈졌단 말입니다. 그 전 생에선 태어난 지 아홉달 만에 흑사병으로 죽었는데 연거푸 이건 너무하잖아요. 얼마나 억울했으면 다시 태어나는 데 오십년밖에 안 걸렸겠어요? 아니, 내가 화를 내는 건 바이러스가 아니에요. 그때의 독감과 COVID-19 사이 백년이 흐르는 동안 누적된 감염의 실타래가 끔찍한 겁니다. 자본, 자본, 자본을 움직이는 그들, 자본, 자본, 자본이 움직이는 세상, 내가 죽던 그해와는 비교할 수 없이 전지전능해진 자본, 이윤만 발생한다면 무슨 짓이든 하는 돈의 노예, 자본교 말입니다. 실타래를 꼬아 내던진 손, 피라미드 꼭대기, 일 퍼센트 인간이 지구적으로 자본을 굴리는 동안 세상이 이 지경까지 온 거 아닙니까? 기후위기요? 인류 상위 십 퍼센트가 그들의 부를 유지하기 위해 배출해온 온실가스가 전체의 오십 퍼센트를 넘는다는 사실은 수면 위로 떠오르지 않아요. 저지른 자들이 거두어야 하는 책임에 대해선 입 닫으면서 인류의 도덕성을 말하는 입술들은 여전히 고상하고요. 그들에게 요구하라고요? 거깁니다. 내가 미치겠는 게. 그렇게 굴러가지 않으면 먹고살 수 없는 세상이란 말입니다. 정말 화나는 건 말이죠, 나 같은 구십구 퍼센트, 구십구 퍼센트 중에서도 딱 평균인 나 같은 인간들이 죄다 감염되고 있다는 겁니다. 아니요. 저 빌어먹을 바이러스를 말하는 게 아니에요. 그전에 이미 무엇엔가 감염되었다고요. 그 무엇이 무엇인지 알고 있으면서, 그 무엇을 끔찍이 싫어하면서도, 그 무엇에 야금야금 감염되어온 거라고요. 지금까진 참을 만했어요. 감염된 영혼, 지독한 폐허의 느낌을. 죄다 그렇게 사니까요. 감염되어야만 살아남을 수 있어서 감염되고 감염되고 감염되며 살았는데 저놈이 딱 나타나자 별안간 깨달아버렸단 말입니다. 왜 이렇게 살아야 하는지 질문할 틈도 없이 살아남기 위해 지옥에 처박혔던 내가 너덜너덜해진 몰골로 이번엔 진짜로 저놈한테 걸려 죽을 수도 있다고 생각하니 더는 참을 수 없게 되었단 말입니다. 젠장, 이게 뭡니까? 이런 생을 살려고 또 태어난 거냐고요! 싫어요. 지겨워요. 아주 지겹다고요!

3

그래서 이제 어쩔 셈인가?

모르겠어요. 아무것도 하고 싶지 않습니다.

4

제대로 도착했군!

뭐라는 겁니까? 아무것도 하기 싫다고요. 안 하겠다고요! 사회인으로 나는 이제 끝장이란 겁니다.

5

축하하네. 바로 거기야. 자네 종족이 해야 하는 일. 할 수 있어도 하지 않아야 하는 것에 대해 더 많이 이야기하는 것. 거기가 출발이네.

마스크에 쓴 시 12

함부로 깨우지 마라 우리의 단잠을
함부로 이동시키지 마라 우리의 주거지를
너희는 조용히 너희의 삶을
우리는 조용히 우리의 삶을

누가 그들의 영토를 침범했나?
누가 그들 삶의 방식을 교란시켰나?
누가 그들을 뒤흔들어
불편한 숙주인 인간에게까지 오게 했나?

두꺼운 스모그에 가려졌던 산봉우리들이 눈부신 이마를 드러낸 아침이다
인간에게 쫓겨났던 거북들이 알을 낳으러 해변으로 돌아오는 저녁이다
밤이 깊어질수록
밤을 낮처럼 밝혀온 거짓 밤들의 허약한 육체가 드러난다
우리가 지녀온 밤의 문양들은 아름다웠나?
서로를 살려왔나?

다른 동물과 공생하던 그들을 여기까지 오게 만든 자—
바이러스의 디아스포라를 만든 장본인인 우리는

작은 인간이어야 마땅한 종이 교만해졌을 때
작은 인간이어야 마땅한 종이 위대해지기를 원할 때
작은 인간이어야 마땅한 종이 탐욕을 제어하지 못할 때
거기가 원죄다
야생을 포획해 감금하는 인간
다른 존재의 거주지를 서슴없이 파괴하는 인간
끔찍한 방식으로 가축을 만들고 사육하는 인간

텅 빈 도심으로 홍학이 산양이 얼룩말이 돌아오는 시간이다
인간보다 먼저 이 별에 거주한 선주민들로부터 무엇을 배워야 했나?
우리의 질문은 인간을 넘어설 수 있나?
우리—
다른 존재들을 멸종시키면서 스스로 멸종위기종이 되어가는 우리는

마스크에 쓴 시 13

1

어쩔 수 없이 빌린 것들이 너무 많습니다.
빌려 쓸 수밖에 없는데 돌려줄 수 없어서
존재의 슬픔이라고 느끼게 되는 것들이.

실은,
함부로 빼앗은 것들이 더 많습니다.

이해를 구하지만 이해될까요? 내가 그라면
용서를 구하지만 용서될까요? 우리가 그들이라면

2

존재의 벼랑 앞에
한줄의 시로 부끄럽게 엎드린 마음이
오늘이라면

내일이 가능할지도 모른다는 생각을 여전히 합니다.

지금도 태어나는 인간의 아이들이 있고
자라나는 어린 인간들이 있는데
절망을 말할 수는 없는 일이니까요.

어디서부터 흔들려야 할까요?
세계가 이 지경이 되도록 저지르며 살아온 어른 인간들이
부끄러움에 관해 생각하는 마음의 저녁,
거기부터일까요?

마스크에 쓴 시 14

슈퍼문

눈물 그렁한 둥근 눈이 지구를 보고 있다

숫자로 호명된 임종을 지켜주지 못한 가족의 울음
고립 생활에 지친 사람들을 위로하는 트럼펫 소리
냉동고에 가득한 시신들
차가운 거리

부자들은 서둘러 별장으로 떠나고
봉쇄된 도시에 남아 하루치의 목숨을 연명하는 보통의 인류

지구로부터 생겨난 지구 바깥의 눈
애도를 위해 뜬 눈은 아니었는데

눈물 빛 달빛

가난하고 헐벗은 시신들 위로 달빛포 사각사각 덮이는 밤

제 4 부

걷다가 문득 멈춰 나무가 된 고양이는 아니지만

1

문득 미안하더란 말입니다
그림자 없이는 내가 증명되지 않는데
그림자로 살아본 적 없이 끌고만 다녔다는 게

실은 그림자가 내 것이라고 말할 수 있는지
갈수록 자신이 없어지기도 합니다
살수록 모르는 것투성이예요

오늘은 꼭 말 붙여보려 합니다
알록달록한 새들이 그림자를 열고 날아가는 꿈을 꿨거든요
산 그림자가 산속에서 푸드덕거리는 기분이 들더라고요

2

산, 파도, 크고 환한 나비, 따뜻한 돌, 검은 연꽃, 투명한 새,

이슬의 숲, 우아한 방랑자, 바람과 이끼, 걷다가 문득 멈춰 나무가 된 고양이, 방울새 노래에 손뼉 치는 오래된 늪……

이렇게도 자유로운데
고작 사람에서 멈춰버린 나를 데리고 살아준 덕에
나라고 여겨지는 오늘의 내가 이만합니다
혹시 내가 아직 쓸 만하다면 다 그림자 덕분입니다

보르헤스와 보낸 15일

달 도서관에 간 적이 있다. 눈먼 작가를 만났다. 보자마자 나는 그가 보르헤스라는 걸 눈치챘다. 어디든 누군가 살고, 도서관을 사랑한 보르헤스가 거닐기에 달만큼 적절한 곳이 또 있겠나. 지구의 보르헤스가 작품을 발표할 때 실은 달의 보르헤스가 쓴 거라는 느낌이 자주 들곤 했다.

"여전히 쓰십니까?"

"쓰지 않고 무슨 일을 하겠나? 여기는 먼지밖에 없는걸."

하긴, 여기는 먼지의 도서관이군. 달은 지구에서 떨어져 나온 것들로 만들어졌으니 이탈한 미량원소들을 찾는 재미도 있을 것이다.

"지구가 그리운가요?"

"지구 바깥에 존재해서 좋은 게 뭔지 아나?"

그가 먼눈을 쓱 문지르곤 손가락을 들어 어딘가 가리켰다. 오! 지구가 돋고 있었다!

나는 그의 옆에 앉아 한동안 그 장면을 보았다. 떠오르는 지구를 달에서 보는 느낌은 뭐랄까, 내 몸이라 알고 있던 몸이 어쩐지 텅 비는 것 같았다. 몸속에서 무언가 돋아나고 졌다. 떠오르고 가라앉았다. 태어나고 죽었다. 만나고 이별했다. 기쁘면서 슬펐다. 얼마나 오랫동안 그렇게 앉아 있었는지 모르겠다. 아마 꽤 길었을 것이다. 어떤 말로도 흔적을 낼 수 없는 광경이 몸에서 벌어지고 있었으니까.

“그만 가지. 지구 시간으로 보름이 지났네.”

“아, 통로가……”

“그래, 잠깐 열릴 때지.”

나는 주저했다. 그 순간에도 몸속에서 뭔가 돋아나고 있었기 때문이다.

“지금 가지 않으면 다시 보름을 여기서 보내야 하는데 괜찮겠나?”

그가 웃었는데 먼지가 풀썩거렸다. 나는 가야겠다고 생각했다. 지구에서 아껴줘야 할 것들이 너무나 많이 떠올랐으므로.

“가겠습니다. 그런데 괜찮으시겠어요?”

문득 나는 이 노인네가 너무 외롭지 않을까 걱정되었다.

“나는 보르헤스네. 달에서나 지구에서나 무슨 차이가 있겠나.”

그가 먼눈을 뜨며 아주 근사한 미소를 보였기 때문에 나는 안심하고 돌아왔다.

꽤 오래전 일이다. 요즘도 자주 달을 바라보지만 예전처럼 달에 가고 싶어지지는 않는다. 다만 달 도서관에서 지구가 뜨고 지는 것을 보고 온 사람으로서 해 질 녘이면 소리 내어 읊조리는 문장이 하나 있다.

덧없음과 찬란함은 동의어이며 서로를 응원한다.

응원이라는 말을 특히 나는 사랑한다.

투표 인증 숏을 보내온 벗에게
아직은 아니지만 언젠간 보낼 답장

1

민주주의 꽃이 선거,라는 표어 앞에서 멈칫한다. 그런가?

풀 한포기가 견뎌내는 불과 얼음의 바닥
어디쯤을 안다고 덜컥 꽃인가?

독재자에 의한 독재자를 위한 선거가 있었다.
세계 여러 곳에서 지금도 반복된다.
그보다 흔한 것은 상전만 바뀌는* 선거
국민이 주인이라고 예의 바르게 말하면서
주인들의 합법적 상전이 되기 위해 치르는 절차

정말 그런가? 선거가 민주주의 꽃인가? 그렇다면
꽃을— 따러 오는,
꽃만— 따러 오는,
줄 댄 채 차례 기다리는 저 예비 상전들로부터
어떻게 꽃을 지킬 것인가?

2

압니다. 불경한 질문이죠. 투표 후 인증 숏을 교양이라 여기는 시절이니까요. 민주시민의 교양—이제 싫습니다. 돌이켜보니 방만 바꾸면서** 육십년이군요. 지지하는 정당이 없어도 투표는 해야 하고, 최악보다 차악이 낫고…… 이제 그만하겠습니다. 차악과 최악 사이를 오가는 일은 결국 최악의 되풀이로 돌고 돌더군요. 육십년을 겪었으면 이제 다른 정치를 상상할 때가 되지 않았나요? 모두가 투표를 안 해버리면 어떤 일이 벌어지나. 최악과 차악 사이에서 꽃 한번 피워보지 못한 들풀들 등골만 휜다면 정당 정치가 아닌 다른 정치를 꿈꾸어야 하지 않나. 정당 몇개가 핑퐁 하며 챙겨가는 거액의 국고 보조금이면 훨씬 가치 있는 새 판을 짤 수 있을 것 같은데요. 꽃을 품은 풀들이 저마다의 향기로 대화하는 들판의 정치를. 깔린 판 위에서 합법적으로 놀아야 민주시민이라고요? 내 직업이 시인이라 다행입니다. 직업병이려니 하세요. 나는 이제 깔린 판에서 내려갈 거니까. 그런데 말이죠, 정말 궁금해서 묻는 건데요. 합법한 그 판은 애초에 누구의 이익을 위해 누가 깔았습니까? 합법의 꼭짓점엔 누가 있습니까?

3

벗이여, 이제 내게 인증 샷 보내지 말아요
들풀의 일렁임이 새 상전 모시기에서 끝나는 걸 보는 일이 이제 너무 괴롭습니다
들판의 정치가 시작될 때까지
나는 꽃에게 투표할래요
나무에게 강에게 바다에게
태어나 누구에게 한번도 피해 주지 않고 죽어선 자신의 모든 것을 나누는 돼지에게 소에게 닭에게
가진 것에 따라 사람을 차별하지 않는 진짜 사랑을 실천하는 개와 고양이에게 투표할 거니까요

* 신채호 「조선혁명선언」.
** 김수영 「그 방을 생각하며」.

새들의 모텔에서 배운 마술

그늘 안에서 한껏 부푼 그늘
영롱히 간질거리는 그늘
당당히 걸어오는 그늘
멀리 날아가는 그늘
그늘의 등을 안고 귀를 대는 그늘
뜨겁게 포옹하는 그늘
안타까운 이별을 견디는 그늘
상한 부리를 그늘에 대고 잠든 그늘

그늘과 그늘이 겹쳐지며 촉촉해진 그늘
환하고 따뜻한 아득한 그곳
중중무진(重重無盡) 그늘들의 만트라

그늘이 그늘을 부드럽게 부풀려서
세상에 빛들이 태어나는 거라고
빛이 그늘로 촉촉해지지 않는다면
우리가 손이나 한번 잡을 수 있었겠냐고

그늘이 입술을 벌려 그늘에 닿는 동안만큼은

그늘이 그늘과 만나 달뜨게 젖는 동안만큼은

아무도 죽지 않는다

* 춘천 의암호에는 수질 정화를 위해 만들어진 갈대와 꽃창포의 섬이 하나 떠 있는데 새들의 산란기인 봄부터 여름까지 나는 거기를 '새들의 모텔'이라 불렀다. 인간의 문자로는 도저히 옮길 수 없는 관능의 소리로 가득한 물풀의 섬 곁에서 바람 부는 저물녘마다 그늘의 마술을 배웠다. 사랑하면 죽지 않는다, 단순한 진리가 극명히 드러나는 곳에선 초급용 마술도 그럴듯해 보였고 정말로 여름까지는 아무도 죽지 않았다.

코즈믹 호라이즌, 이 바람 속에는

이 바람에 아침놀의 반짝임을 달아둘까
바람수레바퀴를 굴려 아주 멀리까지 달려볼까
바람에 뿌리내린 풀들과 지평선에서 놀아볼까
코즈믹 호라이즌, 이 바람 속에는
우리의 이야기가 흐르지 뿌리 없이 뿌리내리는 일,
민초라 불려온 사람들의 역사가 그렇지
경계를 건너며 경계를 지워낸
풀사람들의 이야기
뿌리내리기와 자유롭기가 배반되지 않는 곳으로
바람수레바퀴 풀옷을 입은 사람들이 걸어가네
이 별이 뿌리내린 우주의 지평선
내 배꼽이 뿌리내렸던 엄마 몸의 지평선
나의 중심이 뿌리내린 당신이라는 지평선
나이가 아주 많지만 갓 태어난 것 같은 바람이네
매일이 혁명인 바람수레바퀴 굴러가네
뿌리 없이 뿌리내린 풀사람의 씨앗들이
바람 위에 바람 속에 흩어지네

* 수평선이 우리가 볼 수 있는 바다의 범위를 한정한다면, 지평선은 우리가 볼 수 있는 대지의 범위를 결정한다. 오직 그 너머에서 불어와 우리에게 이르는 바람만이 그 너머를 상상하게 하며, 모든 경계가 인간 중심적이라는 걸 가르쳐준다. 현대 우주론, 특히 일반상대성이론은 우리가 볼 수 있는 우주의 범위를 제한하는 코즈믹 호라이즌(Cosmic Horizon)에 대해 이야기한다. 코즈믹 호라이즌 너머에서 불어오는 우주적인 바람, 나는 가끔 그 바람의 작은 자락을 사람 너머에서 불어 사람에게 닿는 풀씨들의 유랑에서 느끼곤 했다.

차이와 반복, 혹은 바다와 돌

들뢰즈에 대한 답사로

한번도 쉬어본 적 없는 심장—
이것은 바다의 독백이라고 하자

당신, 당신들을 듣고 만지고 이해하기 위해 살아 있어야 한다는 것—
이것은 돌들의 대화라고 하자

태어난 이래 한번도 멈춘 적 없는 파도를 보고 있다
단 한번도 같은 형태가 없는 수십억년의 포말
생성과 해체를 동시에 수행하는 줄기찬 근력의 언어 앞에
발 달린 짐승들 달변의 입은 자주 속되다

비로소 이해되기 시작한 태초—
라고 해안에 쓰고
너라는 외계의 심장을 향해 내가 귀를 연 때—
라고 읽었다

이곳에 오기 전 잠시 살았던 다른 바다에서도
이런 질문을 받은 적이 있다

—사랑이 죽고도 몸이 살면 그 몸을 뭐에 쓰려고?

바다가 뱉어놓은 살아 있는 돌들이 해안에 앉아 있다

주먹만 한 뜨거운 돌 하나씩을 서로의 가슴에 묻어준 사람들을
여기서는 연인이라 부른다고 했다

다시 광장에서는

1

사람이 모이면 저마다 속사정이 넘친다
광장에서는
자기 몫의 주머니를 채우려는 사람도 생긴다
노래거나 한줌 꽃씨로 충분하면 좋겠지만

누군가 칭송하고 누군가 비난하며
어떤 손들은 이익을 챙겨 사라지고
반드시 울음이 남게 된다 광장에
처음 들어설 때보다 더 막막해진 가슴들이

그 곁에 등을 내주며
울음의 그림자로 남는 사람이 있다
마침내 울음을 그친 울음이
다음 세계로 여행을 떠나게 해주는 사람이

2

모여든 사람들이 하나의 말만 되풀이하며
큰 권력자이거나 작은 권력자이거나
권력의 승계자에게 박수 칠 때
거기에 있을 수 없는 사람

모였던 이들이 흩어진 뒤
광장에 남은 어지러운 발자국 속 —
눈물로 서늘한 진창에 두 발을 박고
꽃씨를 꺼내야 하는 사람

모두가 떠난 뒤에도 떠날 수 없어
남은 야윈 울음 곁에서
마지막으로 함께 울어주는 사람이 있다
눈물의 이데올로기를 묻지 않는 사람이

개와 고양이와 화분과 인간이 있는 풍경

오십세의 어느날 문득 알았다

내가 돌본 줄 알았는데
나를 돌본 게 당신들이라는 걸

천명(天命)이 곁에 늘 있었다는 걸

지천명(知天命), 그날 이후
드디어 나는 오십세가 되었다

편히 잠들려면 몸을 바꿔야만 해

구름에게 배운 것

구름이면서 구름들이지
지금의 몸을 고집하지 않지
이 몸에서 저 몸으로 스미는 일에
머뭇거림이 없지

두려움 없이 흩어지며
무너지고 사라지는 게 즐거운 놀이라는 듯
다시 나타날 땐 갓 태어난 듯 기뻐하지
그게 다지
곧 변할 테니까

편히 잠들기 위해 몸을 이동시키는 법을
나는 구름에게서 배웠네
모든 것이 지나간다는 것도

그러니 즐거이 변해가는 것
내가 가진 의지는
그게 다지

깃털 하나를 주웠다

나만 아는 흰 산이 있다,라고
호숫가 저녁놀 옆에서 중얼거린 순간
깃털 하나가 눈에 띄었다
주워들고 호수에 떠 있는 오리들을 헤아려본다
누구의 어디를 채워주던 깃털일까?
흘려야만 해서 흘린 걸까? 흘려서 혹시 아픈 걸까?

손가락 하나를 접은 자리에
깃털을 대본다
손가락 하나 둘 셋 넷 그리고 깃털손가락 하나
이번엔 손가락을 모두 그대로 두고
깃털을 대본다
손가락 하나 둘 셋 넷 다섯 그리고 깃털 하나

어느 편이 생을 지키는 데 유리할까?
지금은 알 수가 없다
지금은
언제나 알 수가 없다
어쩌면 그래서 생은 나아간다

나만 아는 흰 산이 있다고 중얼거리면서
나만 알고 있다고 믿는 흰 산 쪽으로

몸이라 불리는 장소에 관하여

미야자키 하야오풍의 질문

낡아가는 거라고 생각했지. 늙어보기 전의 일이지. 팔십 년쯤 살아보니 알겠어. 늙을수록 이 장소가 좋아지더라고. 여기는 절벽. 한해 한걸음씩만 허락되는 정직한 장소라네.

열개의 손가락으로 움켜잡은 당신이라는 절벽, "떨까, 우리?" 말하곤 하지. 꽃이 지는 느낌으로 아니, 막 새로운 꽃이 피어나는 느낌으로 나는 대답하곤 해. "걸어요, 우리." 하루를 느리게 살아낸 뒤 쓰다듬어줄 수 있는 이 장소가 있어 얼마나 고마운지. 한해 한해 한걸음 한걸음이 갈수록 소중해지는 때라네. 그래, 충만하지.

알지 않나? 어떤 시간과 장소는 아주 낡은 채 불쑥 다가와 아예 드러눕기도 하거든. 무례하지. 하지만 이 장소는 낡지 않아. 늙을 뿐이지. 고통도 허기도 늘 새롭게 당도한다네. 내가 자네 나이 땐 깊게 패는 주름이나 검버섯 같은 게 무척 신기하더라고. 경험해보지 못한 새것들이니까. 아직도 새로 도착하는 낯선 것들이 여전히 있어. 궁금하지, 늘 궁금해. 이 장소가 말이야.

낡지 않고 늙을 수 있는 장소에 대해 자네는 얼마나 알고 있나? 낡아가는 것처럼 보이지만 새로워지는 곳, 몸이라 불리는 장소에 관하여.

눈, 비, 그래서 물 한잔

송이 송이 눈송이 눈
아주 늙은 영험한 노파들

비 오신다 비님 비님
지상의 모든 물방울은 삼십억년 이상 나이 먹었지

오늘 내가 마신 물 한잔
하늘땅 그득한 이야기들

그러니까 사랑은, 꽃피는 얼룩이라고

네가 있던 자리에는 너의 얼룩이 남는다
강아지 고양이 무당벌레 햇빛 몇점
모든 존재는 있던 자리에 얼룩을 남긴다

환하게 어둡게 희게 검게 비릿하게 달콤하게
몇번의 얼룩이 겹쳐지며 너와 나는
우리가 되었다

내가 너와 만난 것으로 우리가 되지 않는다
내가 남긴 얼룩이 너와
네가 남긴 얼룩이 나와
다시 만나 서로의 얼룩을 애틋해할 때
너와 나는 비로소 우리가 되기 시작한다

얼룩이 얼룩을 아껴주면서
얼룩들은 조금씩 몸을 일으킨다
서로를 안기 위해
안고 멀리 가면서 생을 완주할 힘이 되기 위해

벚꽃 잘 받았어요

이 봄에 아픈 내가
꽃을 놓칠까봐
당신이 찍어 보내온 활짝 핀 벚꽃 영상

여린 꽃들 피어 무거운 가지 들어 올리는 저 힘
어디에서 왔나?
몇뼘 둘레와 몇자 키와 몇근 무게로 측정될 벚나무 속에
두근거리는 저 기운은

벚나무 형상 속, 벚나무 형상 너머
무엇이든 될 수 있는 그 무언가
꽃으로 밀려와
오늘은
당신과 섞였구나

활짝 핀 꽃나무 아래에서는
마음 섞이는 일이
몸 섞는 일이구나

기운을 내요

전해오는 당신의 마음
향기로운 살을 받아먹는다

응, 기운 낼게요

| 해설 |

작은 것을 위한 시 혹은 꿈

송종원

김선우 시를 이야기하는 자리마다 그의 시가 지닌 도발적인 면모를 말하는 목소리들이 적지 않았지만 실은 김선우는 익숙하고 편안한 사물과 이미지를 가지고도 자신이 내고자 하는 목소리를 전하는 데 탁월할 뿐 아니라 그 익숙한 것들에서 뜻밖의 깊이를 이끌어내는 면모를 자주 보여왔다. 특히나 이번 시집에서 이런 점이 부각되는데 이 말은 시인 김선우가 예상치 못한 낯선 것으로 우리를 자극하는 시를 쓰기보다 익숙한 것으로 우리를 되돌아보게 하는 작업의 방식을 취했다는 의미이기도 하다. 『내 따스한 유령들』에서 김선우의 시는 확실히 세상을 처음처럼 대하며 자주 놀라거나 놀라게 하는 사람의 감각이 아니라 세상의 변화를 오래 관찰한 사람의 깊이 있고 여유로운 시선에 기대고 있다. 이는 세계의 다면과 접촉하며 경험을 쌓아온 자만이 보유할 수 있는 시선이 그의 시에 작동한다는 뜻이기도 한데 그래서인지 시에 등장하는 하나의 사물이나 이미지마다 독특한 유동성이 감지되는 것은 물론이거니와 변화의 방향성까지도 직관적으로 새겨넣은 듯한 시인의 감각이 엿보이기도 한다. 이번 시집에 나오는 몇개의 이미지들을 우선 살펴보자.

구름: "구름 버튼을 눌러 당신 목소리를 들어요"

구름이면서 구름들이지
지금의 몸을 고집하지 않지
이 몸에서 저 몸으로 스미는 일에
머뭇거림이 없지

—「편히 잠들려면 몸을 바꿔야만 해
: 구름에게 배운 것」 부분

『내 따스한 유령들』에서 가장 매혹적인 이미지 중 하나는 구름의 형상이다. "구름이면서 구름들이지"라는 투명한 구절에는 구름 하면 떠올릴 만한 것들이 스며 있다. 이를테면 끊임없이 변화하고 자유롭게 흘러가며 어느 순간에는 자연스럽게 소멸하기도 하는 특징으로 인해 구름은 늘 복수의 구름이 된다. 그런데 이 시집에 몇번 등장하는 구름의 이미지에는 어딘가 단단한 느낌이 동반된다. 그 이유를 의외의 구절에서 발견할 수 있다.

> 구르고 싶은데, 구르며 닳고 싶은데, 세상의 다른 모서리와 면들을 경험하고 싶은데, 생의 증거를 만들고 싶은데
>
> —「돌담에 홍건한 절규같이」 부분

돌담에 박힌 돌을 보며 떠올린 이 구절 속에도 구름은 있다. "구르고 싶은데, 구르며 닳고 싶은데"라고 말하는 목소리 속 "구르"라는 소리가 바로 그것이다. 구름이라는 소리의 멈춤과 달리 구르라는 소리는 끝나지 않는 움직임을 품고 있다. 저 시의 구절에서 발견한 구름은 마치 돌 같다. 시인이 돌담의 돌을 보며 빚어낸 구절이어서 그럴 수도 있지만 꼭 그런 것만은 아니다. 「눈물의 연금술」에서 눈물을 돌로 만드는 과정을 보여준 시구에 기대어보자면, 구름 역시 돌로 만들 수 있는 것이 시인이다. 무슨 말인가. 김선우 시에 등장하는 구름에는 우리의 삶이 변해야 한다는 시인의 강한 기원과 열망이 돌처럼 단단하게 응축되어 있다는 뜻이다. 이 응축된 열망이 한층 더 뜨거워질 때 시 속에 때때로 비가 내린다.

「비의 열반송」이라는 신비하고 아름다운 시를 들여다보면 이 비는 일종의 정화의식을 수행하는 매개로 기능한다. 변화에 대한 열망이 새겨진 구름에서 비가 내릴 때 그것은 자연스럽게 비를 맞이하는 존재들을 바꾸어내는 의식으로

이어진다고 볼 수 있다. 이 시집에 드러난 모든 물기에는 저 열망의 열도가 내장되어 있다. 그러므로 시집 속에 비가 내리거나 눈이 날릴 때, 혹은 눈물이 흐를 때 그 시에는 병든 세계를 정화하고 탈 난 세계를 바꾸려는 열망의 움직임이 작동하고 있다는 점을 기억할 필요가 있다. 현실의 자연은 인간들의 탐욕으로 훼손되고 병들어 있지만 이 시집의 자연은 변화의 열망이라는 시인의 꿈과 연동되어 병든 인간들을 돌보고 있는 셈이다.

티끌: "내가 티끌 한점인 걸 알게 되면"

주목해볼 또 하나의 이미지는 티끌이다. 작아지자! 김선우가 이번 시집에서 독자에게 전하는 요구 중 하나이다. 마치 밀교의 주문같이도 들리는 티끌이 되라는 주문이 의미하는 바는 무엇인가. 삶의 방식을 미니멀하게 바꾼다거나 어떠한 결합도 거부하는 원자적 상태로 남는다는 등의 의미로 귀결되는 해석은 이 시의 티끌과는 조금 다르기도 하고 또는 무관하기도 하다. 이 시집에 쓰인 티끌의 형상에는 생명의 존엄을 존중하고 생태를 돌보려는 마음이 녹아 있다는 점을 강조하고 싶다. 환경과 자연에 필요 이상의 영향력과 지배력을 행사해온 인류가 맞닥뜨린 위기를 극복하기 위해 시인은 우리에게 새로운 주체성의 발명을 요구하는 것이다. 이는 동시에 우리가 강박적으로 추구해온 성장 위주 혹은 발전 위주 사고의 해체를 추구한다고도 볼 만하다.

우리는 지금 무조건적인 경제성장주의와 발전주의로 점철된 세계가 이른 막다른 골목을 충격 속에서 체험하는 중이다. 생태는 파괴되었고 생명은 돌봄의 영향 아래 놓이지 못했다. 생명들의 상호의존성은 간과된 채 자본에 물든 인간의 탐욕이 일방적인 자기만족만을 추구한 결과, 누군가의 말 그대로 우리가 사는 지구는 지금 전염병과 기후위기로 인해 불타고 있다. 시인의 주문은 이 사태를 변화시키는 실천의 하나이다. 돌보지 않고 성장만을 추구하는 시스템은 거대한 폭력이며 파괴임을 아는 시인이 티끌을 빌려 새로운 세계의 전환을 기원하는 꿈자리를 만든다. 여기 티끌에서 시작해 기쁨을 노래하는 목소리를 들어보자.

> 내가 티끌 한점인 걸 알게 되면
> 유랑의 리듬이 생깁니다
>
> 나 하나로 꽉 찼던 방에 은하가 흐르고
> 아주 많은 다른 것들이 보이게 되죠

—「티끌이 티끌에게
: 작아지기로 작정한 인간을 위하여」 부분

크게 어렵지 않게 읽히는 구절들이지만 꼼꼼히 뜯어 읽으면 논리의 결락을 감지할 부분이 없지 않다. "내가 티끌 한 점인 것을 알게 되"는 일과 "유랑의 리듬이 생"기는 일 사이에는 어떤 비약 내지 기적이 자리한다. 가벼운 티끌 한점이 되었다고 해서 어떤 리듬을 가진 유랑이 곧바로 펼쳐진다고 보장할 수는 없는 일이다. 거기에는 나의 자리를 내어주면서 다른 생명의 자리가 들어차고 그와 연동해 더 큰 생태의 네트워크가 재조정되며 그 내부에 자연스러운 흐름이 생성된다는 과정이 생략되어 있다. 물론 저 흐름의 창조를 두고 개인의 마음먹기에 달려 있다고 말하기 어렵다.

시집의 어디에선가 우리가 마주했던 "평의회"라는 단어가 실은 이 티끌의 주체학과 연결되어 있다. 인간은 티끌이 됨으로써 비로소 "지구주민평의회"의 구성원이 될 자격을 지니게 된다고 시인은 말하는지도 모른다. 다시 말해 나의 작아짐은 누군가와의 공유지대를 확장시키는 운동성이며 또한 다른 생명들과 함께 공존할 수 있는 리듬을 실현하는 과정이기도 한 셈이다. 인간은 티끌이 되면서 서로를 돌볼 수 있는 자리를 비로소 나누게 된다. 김선우라면 이를 인간이 자신이 고수한 자리를 내어주고 작은 신이 되는 자리를 배정받는 순간이라고 기록하지 않을까.

먼지 한점인 내가
먼지 한점인 당신을 위해
기꺼이 텅 비는 순간

한점 우주의 안쪽으로부터
바람이 일어
바깥이 탄생하는 순간의 기적

—「작은 신이 되는 날」 부분

유랑의 리듬을 형성하는 일이 개인의 마음먹기를 넘어서는 과업이라고 이야기했지만, 그렇다고 해서 개인의 실천이 과업과 전혀 무관하다고는 볼 수 없다. 김선우 식으로 표현하면 "영혼의 강인함"(「무신론자의 기도」)이 필요하다. 인간이 지구에서 점유해온 문제적 자리에 인간을 영원히 고정시키려는 세계와 대결하는 의식이 없다면, 또 자신이 지금껏 고수해온 삶의 방식이 아니라 단호하게 다른 삶을 욕망하는 실험이 없다면 "기꺼이 텅 비는 순간" 같은 공동의 세계나 새로운 삶의 형식을 고민할 "바깥이 탄생하는 순간의 기적"도 없다. 그러므로 '티끌이 되자'는 주문은 저 기적을 기원하는 실천의 맨 앞에 놓은 선언이라고 할 수 있다.

혁명: "무엇을 하지 않을 것인가"

이 시집에는 연작시편이 여럿 실려 있는데 그중 하나의 제목이 '일반화된 순응의 체제'이다. 이런 제목의 시를 만나는 경험은 흔치 않다. 제목만 보아도 김선우의 시세계에 스며든 비판적 의식의 성향을 짐작해볼 수 있다. 김선우는 그 연작의 시편들에서 구체적인 2인칭을 상실한 세계를 살아가는 사람들의 세계를 "아무의 제국" "아무의 나날"들로 칭한다. 이 세계에는 '너'가 없으므로 당연히 '나'도 없다. 주어 없는 아무의 세계는 아무도 이 세계를 돌보는 어려움과 보람을 나누지 않는 곳이기도 하다. 협동과 상호의존이 사라진 세계는 사람들이 창조하는 삶의 터전이 아니라 사람들을 소리 없이 옥죄는 시스템에 불과하다. 그 시스템에서 우리는 몸도 찾아볼 수 없고 삶 또한 확인할 수 없다. 대신에 이 순응의 체제에는 "합리적 소비"의 능력을 지닌 "소비자의 삶"(「일반화된 순응의 체제 2: 아무의 나날, 혹은 소비의 영원회귀」)과 "관음과 노출 사이 수많은 가면을 가진 신체"(「일반화된 순응의 체제 3: 아무렇지 않은 아무의 반성들」)만이 강하게 자리할 뿐이다.

이 시집에는 '마스크에 쓴 시'라는 제목을 달고 있는 연작 시편도 있다. 일반화된 순응의 체제와 전지구적 팬데믹으로 인해 마스크를 써야만 하는 현실은 마주하는 거울상에 가깝다. 이 거울에 비친 순응의 체제의 주인은 누구인가. 「마스크에 쓴 시 7: 거울이 말하기를」이 폭로하는 대로라면 "자본"이다. 지구를 파괴하는 방식의 경제성장을 멈추는 데 두려워하는 주인은 자본이고 자본의 속도이다. 무엇이든 돈의 영역으로 만들어 수익을 창출하고 사고파는 형식을 부가하는 자본의 탐욕이야말로 이 순응의 체제를 이끄는 원동력이라는 사실을 부정하기란 쉽지 않다. 그러나 다행히도 자본에 의해 침탈되지 않은 자연은 남아 있다. 시인은 그 여지의 공간에서 "당신"을 부른다.(「마스크에 쓴 시 9」) 다소 낭만적으로 보일 수도 있는 이 호명이 특별한 이유는 당신을 부름으로써 공동의 도덕을 수립하는 과정으로 나아가기 때문이다. 시인은 연이어 쓴 시 한편에서 다음과 같이 적는다.

> 지구 거주민 인류가 다다른 최상급 진보;
>
> 무엇을 하지 않을 것인가?
>
> —「마스크에 쓴 시 10」 전문

팬데믹 시대를 살아가는 요즘, 무엇을 하지 않을 것인가를 묻는 자리에서 예외적으로 벗어나는 작업이 얼마나 될 것인가. 나의 행위와 욕망이 지구 생태에 대한 파괴와 폭력에 연루되어 있는지를 묻는 일이 무엇보다 우리에게 절실하게 요구되는 상황이다. 예술 역시도 저 물음을 피해 갈 수 없다. 물론 예술의 경우는 질문의 방향을 조금 달리하는 것이 생산적일 것이다. 이 전지구적 위기의 시대에 예술은 무엇을 하는 중인가를 묻는 일이 더 필요하다는 말이다. 예술은 작품을 통해 온전한 삶을 상상하게 하고 그와 더불어 우리의 현실을 그 상상의 방향으로 나아가게 한다는 믿음은 여전히 유효하지만, 우리가 마주한 구체적 현실은 더 긴요한 답을 요구하는 것도 같다. 김선우의 시에서 우리는 그 답을 발견할 수 있다. 묘한 말 같지만 가장 적극적으로 시를 쓰는 일은 (무엇이 되기 위해) 무엇을 하지 않는 일과도 연동된다. 시인의 표현에 따르면 시는 "무엇이 되려는 꿈"을 흩어버리는 역할을 하기 때문이다.

> "살아 있는 동안 쓰는 일을 계속할 뿐입니다."
> 시를 쓰는 자로서의 내 유일한 능력은
> 무엇이 되려는 꿈을 흩어버릴 수 있다는 것
>
> 창문 밖에서 누군가 훌쩍거리는 것 같았지만
> 나는 노래를 이어가기로 했다
> 오늘은 달빛 피아노에 어울리는 혈관악기로서
>
> —「하나의 환상처럼 *quasi una fantasia*
> : 길렐스의 연주로 「Moonlight」를 들으며」 부분

'하려 함'과 '되려 함'은 엄연히 다르지만 한국사회에서 여전히 둘은 엇비슷하게 취급된다고 해도 과언은 아닐 것이다. 우리는 여전히 '하면 된다'라는 주술적 세계를 살아가곤 하지 않던가. "무엇이 되려는 꿈을 흩어버릴 수 있다는 것"이라는 구절은 모든 꿈을 와해시킨다는 의미는 아니다. 김선우의 저 구절은 무엇이 된다는 것과 꿈을 동일시하는 사

유를 와해시킨다고 봐야 옳다. 꿈은 어떤 정체성을 획득하는 일이나 속된 성공과는 무관하다는 뜻이다. 대신에 시인이 그려내는 꿈은 대동(大同)으로 나아가는 끝없는 지속이다. 대동으로 나아간다는 의미는 나와 타자의 구분이 없어져 모든 일이 거침없어진다는 뜻이 아니라, 나를 아끼듯 타자를 아끼며 나를 대하듯 타자를 대한다는 의미이다. 구별은 있지만 차별은 없는 도덕의 세계가 이 대동의 꿈 위에 놓일 수 있다. 김선우의 시는 경계 없고 차별 없는 연대를 이어나가는 지속을 보여준다. 마치 앞서 인용한 시가 달빛과 혈관을 이어주듯이 인간과 자연을 잇고 한 개인과 인류를 잇는다. 시인에게는 이 지속적인 이어나감을 불가능하게 하는 일이야말로 가장 큰 불행이며 동시에 거대한 폭력이다.

꿈의 지평선에는: "풀사람의 씨앗들"

이 바람에 아침놀의 반짝임을 달아둘까
바람수레바퀴를 굴려 아주 멀리까지 달려볼까
바람에 뿌리내린 풀들과 지평선에서 놀아볼까
코즈믹 호라이즌, 이 바람 속에는
우리의 이야기가 흐르지 뿌리 없이 뿌리내리는 일,
민초라 불려온 사람들의 역사가 그렇지
경계를 건너며 경계를 지워낸

풀사람들의 이야기
뿌리내리기와 자유롭기가 배반되지 않는 곳으로
바람수레바퀴 풀옷을 입은 사람들이 걸어가네
이 별이 뿌리내린 우주의 지평선
내 배꼽이 뿌리내렸던 엄마 몸의 지평선
나의 중심이 뿌리내린 당신이라는 지평선
나이가 아주 많지만 갓 태어난 것 같은 바람이네
매일이 혁명인 바람수레바퀴 굴러가네
뿌리 없이 뿌리내린 풀사람의 씨앗들이
바람 위에 바람 속에 흩어지네

—「코즈믹 호라이즌, 이 바람 속에는」 전문

바람이 풀을 부르고 풀이 또 이야기를 불러와 결국에는 그 이야기 속의 사람들까지 경계 없이 이어지는 아름다운 시이다. 경계 없이 이어진다는 말은 달리 말해 서로가 서로에게 자연스럽게 스며든다는 뜻이기도 할 것이다. 민초라는 단어를 풀어 재구성한 "풀사람"이라는 말의 느낌이 그렇듯이 말이다. 시인의 강인한 영혼은 우리가 절연할 세계의 모습을 제시하면서 동시에 우리가 이미 경험했던, 또는 우리가 앞으로 경험할 평화로운 관계망을 펼쳐 보이기도 한다. 서로의 영역에 자연스럽게 스며들어 서로를 물들인 관계들, "당신"과 "엄마"와 "우주"라는 단어 주위를 떠도는 너그럽게 감싸안는 감각들, 물론 이 관계와 감각들 또한 유동적인 움직임 속에 있다. 시 속 "바람"은 저 관계와 감각들 또한 절대적이고 고정적인 것이 아니라고 말하는 듯도 하다. 하지만 완전하고 완벽하지 않더라도 서로가 공존하며 창조적으로 어우러지는 이 공공의 활동을 그려내는 저 "지평선"은 충분히 아름답다. 이 아름다움은 멀리서 보기 좋은 것이 아니라 참여를 통해서만 감지할 수 있는 종류의 것이다. 또한 이미 주어진 것이 아니라 수평적 연대의 협업을 통해 함께 창조해야만 하는 성격을 지니고도 있다. "민초라 불려온 사람들의 역사가 그렇지"라는 구절의 여운이 그렇게 시 전체를 감싸안는다. 어쩌면 이 시는 우리가 기쁨의 시간 속을 살고 있는 것이 아니라 염려와 고통의 시간을 경과하는 중이기에 더 절실하게 읽히는 것인지도 모른다. 하지만 염려와 고통의 시간을 기쁨의 시간으로 바꾸어낸 역사가 민초들의 그것이었다는 점도 특별히 기억해둘 필요가 있다.

김선우는 다양한 목소리를 시의 성분으로 활용할 줄 아는 시인이다. 그래서 그의 시에는 늘 다채로운 감각과 사유가 저마다의 자리에서 빛을 낸다. 생명에 대한 예민한 관찰, 시민성에 대한 적극적 발언, 기후위기와 생태적 환경의 파괴에 대한 직설적 반성, 자본을 향한 씩씩한 비판, 차별 없는 사랑과 연대에 관한 섬세한 이미지 등등. 물론 다채로운 것들을 모아놓았다고 해서 그것이 자연스럽게 좋은 시를 빚어내는 결과로 이어지지는 않는다. 다양한 성분들을 어떻게 결합하고 엮어내는가가 관건일 텐데 김선우는 그 결합의 동력으로 강력한 꿈의 아교를 활용한다. 이 꿈이 강력하다고 말한 이유는 그것이 강인한 영혼의 힘을 바탕으로 하기 때문이기도 하지만 그보다는 나 혼자의 삶과 관련한 꿈이 아니라 여럿의 삶에서 발원하고 또 그 공동의 삶을 위한 기획에 흔들림 없는 긍지를 품고 있기 때문이다.

宋鐘元 | 문학평론가

| 시인의 말 |

인간이 만든 세상의 참혹함.

그럼에도 존재하는
어떤 아름다움들.

고통에 연대하는 간곡한 마음들.

작고 여리고 홀연한 그 아름다움들에 기대어
오늘이 탄생하고 내일이 기다려집니다.

고맙습니다. 세상의 무수한 스승들이여.

*

작년 봄 건강이 나빠졌습니다. 회복기에 접어들기까지 꼬박 일년이 걸렸네요. 그동안 가장 마음 쓰인 일이 독자들께 받은 편지에 답신드리지 못한 것이었습니다.

'시를 통해 시의 마음으로' 건너온 메시지엔 반드시 응답해야 한다고 생각해왔습니다. 시로 눈물과 기쁨과 위로와 아름다움이 되는 자리를 돌보는 일은 시인의 소중한 책무이니까요.

지난 일년간 그 일을 하지 못했습니다. 시의 마을에서만큼은 어떤 소외나 배제도 일어나서는 안 된다고 믿기에, 혹시라도 마음 다친 벗들이 계실까 염려합니다. 늦은 안부를 통해 혜량을 구합니다.

*

요즘 저는 연약한 존재가 이미 가진 개별적 온전함을 자주 생각합니다.

그럴 때마다 물방울들, 혹은

빛방울들의 코뮌이 떠올라 저를 미소 짓게 합니다.

자그마한 존재들이 만드는 저마다의 동심원들, 파동과 겹침과 드넓고 따스한 연대, 그 모든 아름다움을 고스란히 심장으로 옮겨놓을 수 있기를 바랍니다.

아름다운 당신,

부디 평강하시길.

2021년 여름 강원도에서

김선우

창비시선 461

내 따스한 유령들

초판 1쇄 발행/2021년 8월 5일
초판 3쇄 발행/2021년 10월 4일

지은이/김선우
펴낸이/강일우
책임편집/박지영 조용우 박문수
조판/박아경
펴낸곳/(주)창비
등록/1986년 8월 5일 제85호
주소/10881 경기도 파주시 회동길 184
전화/031-955-3333
팩시밀리/영업 031-955-3399 편집 031-955-3400
홈페이지/www.changbi.com
전자우편/lit@changbi.com

ISBN 978-89-364-2461-9 03810

* 책값은 뒤표지에 표시되어 있습니다.